PEANUTS

ENTDECKE DEN CHARLIE BROWN IN DIR

INSPIRIERT VON DEN PEANUTS-COMICSTRIPS VON CHARLES M. SCHULZ

Text von Nat Gertler

DK

INHALT

BLEIB DRAN UND STEH WIEDER AUF

In uns allen steckt ein wenig von Charlie Brown. Wenn ihm der Football weggezogen wird oder seine große Liebe ihn nicht beachtet, erinnert uns das an unsere eigenen Kämpfe und Nöte. Uns allen bleibt schon mal der Drachen im Baum hängen! Mensch zu sein, ist in gewisser Weise Charlie Brown zu sein. Die Frage lautet: Wie gehst du damit um?

Du könntest alles ignorieren und den Charlie Brown in dir verleugnen. Doch das wäre nicht sehr klug, da seine Strategien offenbar funktionieren. Er kommt über jede Niederlage hinweg, selbst wenn hinter der nächsten Ecke wieder eine lauert. Hast du erst einmal den Charlie Brown in dir entdeckt, ist es wohl am klügsten, einfach mehr wie er zu sein!

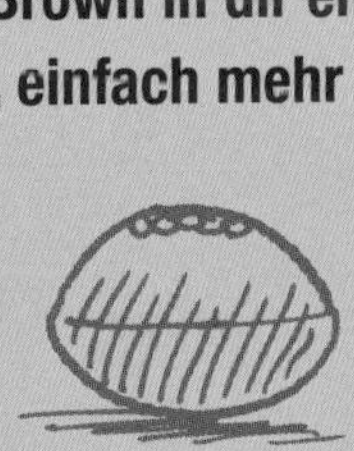

GIB DIR MÜHE

Anstrengung ist keine Garantie für Erfolg, aber wer nichts wagt, erreicht ganz sicher nichts. Lass dich von einer großen Aufgabe nicht einschüchtern. Wenn sie übermächtig erscheint, geh es Stück für Stück an! Um hundert Schneemänner zu bauen, braucht es stets erst einen einzigen Schneeball.

„ICH HAB ANGST, DEM KLEINEN ROTHAARIGEN MÄDCHEN DIESE SCHACHTEL PRALINEN ZU GEBEN. SIE LACHT MICH BESTIMMT AUS ..."

Charlie Brown

LIEBE IST SCHWER – SEI SCHWER VERLIEBT

Liebe birgt Risiken. Du öffnest dein Herz und weißt, dein Pendant zu Charlie Browns kleinem rothaarigen Mädchen könnte es dir brechen. Vielleicht möchtest du daher auf Nummer sicher gehen und dich gar nicht erst verlieben. Doch das Herz ist ein Muskel, und wie jeder Muskel muss es trainiert werden. Gib der Liebe eine Chance! Vielleicht hast du Erfolg – und sonst lernst du wenigstens etwas dazu. Du merkst, dass die, die du liebst, nicht perfekt sind, so wie Charlie Brown erkennt, dass das kleine rothaarige Mädchen an seinen Stiften kaut. Und wenn du einen Menschen mit Fehlern lieben kannst, ist auch dein unvollkommenes Ich liebenswert.

„ICH HATTE DIESEN BLÖDEN SCHWARZEN STREIFEN SO SATT."

Violet

STEH ZU DEINEM STIL

Charlie Browns Hemden mit Zickzackstreifen sind nicht gerade modisch. Vielleicht waren sie auch nie in Mode und werden es nie sein – aber das ist in Ordnung. „Mode“ ist nur das, was alle anderen tragen. Charlie Brown aber hat Stil! Er hat einen ganz eigenen Look. Man sieht eins seiner Hemden und weiß sofort, dass es ihm gehört. Er will nicht wie jedermann sein oder andere nachahmen. Welchen Sinn hätte es, sich damit solche Mühe zu machen und ständig wandelnden Erwartungen gerecht zu werden? Nein, Charlie Brown bleibt einfach Charlie Brown, und das ist auch gut so! Finde deinen eigenen Stil, der zu dir passt.

„DIE DREI SCHÖNSTEN WORTE DER WELT!"

Snoopy

FÜTTERE DEN HUND

Das Leben hält für uns alle Pflichten bereit – sei es, Rechnungen zu bezahlen, Besorgungen zu erledigen oder den Beagle zu füttern. Diese Pflichten machen nicht immer Spaß, aber nachkommen musst du ihnen trotzdem. Ob du Freude daran hast, den Hund zu füttern, ist egal. Er muss gefüttert werden. Charlie Brown weiß, dass es die Sache nicht besser macht, eine lästige Aufgabe aufzuschieben. Die Pflicht lastet nur umso erdrückender auf einem, bis sie getan ist. Also zetert und meckert Charlie Brown, aber er erledigt dabei seine Aufgabe. Und der Hund wird gefüttert.

„ICH GLAUBE DARAN,
DASS ICH DIESEN DRACHEN
STEIGEN LASSEN KANN!"

Charlie Brown

BEHALTE DEIN ZIEL IM BLICK

Charlie Brown ist ein Meister darin, Drachen steigen zu lassen. Er lässt sie akkurat in der Kanalisation landen, wickelt alle Nachbarskinder in der Drachenschnur ein und füttert regelmäßig den drachenfressenden Baum des Viertels. Für einige ist dieses Unvermögen, den Drachen in der Luft zu halten, Zeichen des Scheiterns. Verständlich, aber falsch! Charlie Brown lässt sich nie unterkriegen. Er kauft sich stets den nächsten Drachen und versucht ein weiteres Mal, ihn steigen zu lassen. Solange du die Hoffnung nicht verlierst und dein Ziel im Blick behältst, wirst du nie ein Versager sein.

SEI WISSBEGIERIG

Wenn du denkst, du weißt schon alles, dann musst du noch viel lernen! Sich zu bilden, mag mühsam und mitunter lästig erscheinen, aber es bereitet dich auf das Leben vor. Egal, ob im Klassenzimmer oder auf jedweden Wegen, auf die dich das Leben führen mag, höre nie auf zu lernen!

„ICH MACH MIR MEINE EIGENEN LERNKARTEN."

Linus

LERNE FLEISSIG

Lernen beinhaltet nicht nur das Auswendiglernen. Ebenso wichtig ist es, Dinge zu hinterfragen und sich mehr Informationen einzuholen. Charlie Brown ist klar, was die Wörter auf Linus' Lernkarten bedeuten sollen, aber mit der Schreibweise ist er nicht einverstanden. Man schreibt es nicht wirklich „Katse“, oder? Linus indes denkt, dass er seinen Text für die Weihnachtsfeier nicht lernen kann, bis er verstanden hat, worum es dabei überhaupt geht. Wer war Jeremia? Wo lag Rama? Warum war Rahel derart aufgelöst? Begnüge dich nicht damit, Informationen hinzunehmen! Je mehr Fragen du stellst, desto mehr verstehst du am Ende.

„ICH BRINGE LINUS GERADE EIN PAAR WENIGER BEKANNTE SACHVERHALTE BEI."

Lucy

HOL DIR EXPERTENRAT

Die Welt ist voller Leute, die dir etwas erzählen wollen. Sich zu entscheiden, wem man Gehör schenkt, kann schwer sein. Selbst ernannte Wissenschaftsexperten, die alles nur frei erfinden, solltest du besser meiden – ebenso wie weltberühmte Anwälte, die wie Snoopy mit Melone aussehen. Sogar ein cleveres Kind wie Linus kann dich in die Irre führen, wenn es darum geht, was an Halloween auf einem Kürbisfeld passiert. Doch hast du eine echte Expertin wie Peppermint Patty gefunden, die vielleicht nicht so belesen ist, aber weiß, wie sie dich mit drei Würfen aus dem Spiel nimmt, dann hör gut zu! Von solchen Leuten kannst du viel lernen.

„ICH DACHTE MAL, EIN DÜSENJÄGER WÄRE ÜBER DIE SCHULE GEFLOGEN, ABER DANN WAR ES BLOSS DEIN SCHNARCHEN ..."

Franklin

SEI AUFMERKSAM

Die Schule kann hart sein. Wie Peppermint Patty zu gut weiß, döst man gern mal weg, nur um im nächsten Moment aufzuschrecken und zufällige Antworten zu stottern – von denen hoffentlich eine zu der Frage passt, die man überhört hat. Doch wer aufmerksam ist, lernt vielleicht, wie breit der Mississippi ist, wie gefährlich Schluchtenkatzen sind oder sogar wie man sich in Aufmerksamkeit übt. So holst du für dich das meiste aus der Schule und dem Leben heraus, egal ob du es wie Franklin hältst, der sich Wissen um des Wissens willen aneignet, oder wie Sally, die nur zur Schule geht, um „reich und berühmt" zu werden. Wer nicht zuhört, weiß im wahrsten Sinne des Wortes nicht, was ihm entgeht!

„ICH BEWUNDERE ALLE LEHRER,
ABER FRÄULEIN OTHMAR IST WIRKLICH
EIN BESONDERES JUWEL!"

Linus

RESPEKTIERE LEHRKRÄFTE

Lehrkräfte müssen einiges aushalten – seien es Schülerinnen und Schüler wie die ständig schlafende Peppermint Patty, die kreischende Sally oder auch Linus, der immer wieder vergisst, die Eierschalen für das Schulprojekt mitzubringen. Manche müssen sich sogar mit fusselschnäuzigen Beagles herumschlagen, die sich in die Klasse eingeschlichen haben. Doch trotz all dieser Störungen finden sie irgendwie die Energie, Unterricht zu halten, Tests zu benoten und Referate anzuleiten. Lehrerinnen und Lehrer verdienen Respekt, Bewunderung – und dass du endlich daran denkst, diese verflixten Eierschalen mitzubringen!

„IN DER SCHULE HAB ICH HEUTE RICHTIG WAS GELERNT. ZUM BEISPIEL, WIE UNSER TRANSPORTWESEN FUNKTIONIERT."

Sally

LERNE DURCH ERFAHRUNG

Das Leben ist eine Aneinanderreihung von Erlebnissen. Wer mit offenen Augen durchs Leben geht, kann viel lernen. Gute Erfahrungen zeigen, dass etwas Getanes funktioniert – dass du es richtig gemacht hast. So lernt Pig-Pen, dass es in Ordnung ist, schmutzig wie immer zu einer Geburtstagsfeier zu erscheinen, solange das Geschenk tadellos ist. Selbst schlechte Erfahrungen können langfristig wertvoll sein. Sie zeigen dir, was du nicht noch einmal tun solltest. Verpasst du den Bus und musst zu Fuß zur Schule gehen, hast du einen miesen Tag, der sich aber nicht so schnell wiederholen wird. Erfahrung ist die beste Lehrmeisterin.

FOLGE EINER PHILOSOPHIE

Eine Philosophie schenkt dir eine Perspektive, die Welt zu betrachten. Vielleicht hast du ein allumfassendes Lebensmotto wie Charlie Brown, der sagt: „Das Leben ist wie ein Golfplatz.“ Oder du nimmst dir das ein oder andere kleinere Motto zu Herzen, siehst Golf nur als Spiel und weißt, dass es sich lohnt, mit deinem Hund zu reden, auch wenn der nicht antworten kann. Entdecke die Wahrheiten deines Lebens!

„ICH HAB JETZT EINE NEUE PHILOSOPHIE …"

Charlie Brown

FINDE EIN LEBENSMOTTO

Jeder sollte einer Philosophie folgen. Ob es nun eine umfassende Betrachtung der Welt oder ein einfaches Motto ist, es hilft dir bei Entscheidungen. Dabei kann es um Taten gehen – wie bei Snoopy, der sich fragt: „Soll ich Linus' Schmusedecke stibitzen?" – oder auch um Reaktionen – wie bei Linus, der denkt: „Snoopy hat meine Decke! Was soll ich denn davon halten?" Philosophien sind etwas sehr Persönliches. Charlie Browns Entscheidung, nur das gerade Gegenwärtige zu fürchten, klingt deprimierend, aber so sorgt ihn nicht auch noch all das, was nächste Woche erst folgt. Finde ein Motto, das dich im Leben ebenso weiterbringt!

„WARUM ERZÄHLST DU MIR DAS?"

Charlie Brown

TEILE DEIN LEBENSMOTTO

Sei wie Sally und teile dein Motto freigiebig. Andere wissen zu lassen, wie du die Welt siehst, kann ihnen helfen, ihre eigene Sicht zu überdenken – oder dich und deine Handlungen zumindest besser zu verstehen. Deine Philosophie in Worte zu fassen, lässt dich einen genaueren Blick darauf werfen und etwaige Schwachpunkte erkennen. Und wenn du Letztere nicht selbst erkennst, hilft dir vielleicht ein Freund dabei auf die Sprünge. Dass Charlie Brown wenig Interesse an ihrem Motto „Weitere Einzelheiten um elf!" zeigt, mag Sally darüber nachdenken lassen, dass sie ihr Motto wohl ab 10:45 Uhr besser für sich behalten sollte.

„EINE PHILOSOPHIE UND EIN AUTOAUFKLEBER SIND NICHT UNBEDINGT DASSELBE!"

Linus

ERDULDE SKEPTIKER

Nicht jeder wird dein Lebensmotto verstehen. Die Nörgelliesen und wohlmeinenden Freunde in deinem Leben sagen dir vielleicht sogar rundheraus, dass es falsch sei – mitunter sehr lautstark. Lass dich davon nicht runterziehen! Denke immer daran: Es ist dein Motto, nicht ihres, und es muss nur für dich Sinn ergeben. Lass sie ihre eigene Philosophie haben. Und wenn sie dich deswegen einen „Klotzkopf" nennen? Nun, schere dich nicht darum und denke stets daran, dass du wie Charlie Brown womöglich den rundesten Kopf der Gegend hast!

„DAS NENNT MAN PHILOSOPHIE, SIR. DEMNACH EXISTIERT ETWAS NICHT, WENN MAN SEINE EXISTENZ NICHT ANERKENNT."

Marcie

LASS WORTEN TATEN FOLGEN

Folge deinem Motto nicht nur in Gedanken, sondern im ganzen Leben! Philosophien ohne praktischen Mehrwert taugen nicht viel. Du glaubst, Glück sei ein kuschliges Hündchen? Dann zieh los und finde dieses Hündchen, damit es dich glücklich macht. Und wenn dein Motto dich enttäuscht? Nun, als Linus im strömenden Regen das Motto „Geh stets mit einem Lächeln durchs Leben“ auf die Probe stellt, merkt er, dass eine positive Einstellung allein nicht davor schützt, nass zu werden. Da hilft nur eins: Lerne daraus und passe dein Motto auf neue Erkenntnisse an. Aber wenn reines Anzweifeln genügt, um eine Vier minus vergessen zu machen, wie Marcie denkt, ist es zumindest einen Versuch wert!

„PROBLEME LÖST MAN AM BESTEN, INDEM MAN IHNEN AUS DEM WEG GEHT."

Linus

LASS ALLE FÜNFE GERADE SEIN

Du kannst nicht alle Probleme der Welt lösen – selbst die in deinem eigenen kleinen Teil davon nicht. Wer sich jedes Problem zu Herzen nimmt, führt einen endlosen Kampf. Stell dich den wichtigsten und löse die, die du lösen kannst – aber gönn dir die Freiheit, ein Problem auch mal links liegen zu lassen. Zieh dich aus Diskussionen zurück, bei denen du nicht das letzte Wort behalten musst. Ignoriere die Katze von nebenan. Verschieb auf morgen, was du heute nicht besorgen kannst, und geh wie Linus Problemen aus dem Weg, die du umschiffen kannst. Es wird dir guttun!

PASS AUF DICH AUF

Im Leben musst du dich um viele Dinge und Menschen kümmern. Vergiss nie, dass auch du auf dieser Liste von Menschen stehst! Deine Bedürfnisse und Wünsche sind ebenso wichtig wie die anderer, also gönn dir auch mal eine Pause und tu dir etwas Gutes. Wenn du nicht acht auf dich selbst gibst, bist du bald nicht mehr in der Lage, anderen zu helfen.

„MIR GEHT ES TATSÄCHLICH SCHON BESSER!"

Charlie Brown

SUCH DIR HILFE

Manchmal bist du psychisch oder emotional so stark belastet, dass es zu viel für dich wird. Professionelle Therapeuten können hier helfen. Du musst nur den richtigen für dich finden. Lucy ist nicht die Beste ihres Fachs (hat aber günstige Preise und ist gut erreichbar). Trotzdem haben nicht nur Charlie Brown, sondern auch Linus, Sally, Pig-Pen, Schroeder, Frieda und sogar Snoopy ihre Dienste in Anspruch genommen. Ein offenes Ohr kann genauso wertvoll sein wie guter Rat. Eine Therapie kann dir durch harte Zeiten helfen und dir Wege aufzeigen, Stress zu bewältigen. Es ist keine Schande, sich Hilfe zu suchen – im Gegenteil!

„ICH WERDE FÜR DEN REST MEINES LEBENS HIER LIEGEN MÜSSEN."

Charlie Brown

LASS DICH NICHT HÄNGEN

Manchmal haut es dich im Leben einfach um. Dieses Gefühl, wenn man dir den Football vor den Füßen wegzieht und du durch die Luft segelst und nur darauf wartest, dass die Schwerkraft ihr grausames Werk verrichtet und dich wieder auf den Boden krachen lässt. Platt auf dem Rücken, mit dem Blick gen Himmel, fragst du dich womöglich, ob du diesmal nicht einfach liegen bleiben solltest. Aber bedenke: Wenn es dich in deinem Leben schon 100-mal umgehauen hat, bedeutet das auch, dass du wie Charlie Brown bereits 99-mal wieder aufgestanden bist. Du hast es in dir! Weiter so!

„ALLES, WAS MICH VON EINEM NERVENZUSAMMENBRUCH TRENNT, IST EIN METER BIBERFLANELL!"

Linus

FINDE DEINE SCHMUSEDECKE

Vielleicht bist du wie Linus und findest Trost in Dingen wie einer hellblauen Decke, die sich unendlich weich auf der Haut anfühlt. Vielleicht sind es Klänge wie die einer herrlichen Sinfonie deines Lieblingskomponisten, die dem Schroeder in dir Trost spenden. Oder es sind Orte, an denen du Frieden findest – wie Snoopy, wenn er oben auf seiner Hundehütte liegt. Die Welt kann hart sein. Umso wichtiger, dass du weißt, was dich beruhigt. Verbringe an schönen Tagen Zeit allein an deinem Lieblingsort – vielleicht wird der Tag so noch schöner. Und an einem harten Tag leg dir deine Lieblingsplatte von Beethoven auf – und schon ist er fast überstanden.

„SIEH AN, CHARLIE BROWN,
DU ALTER KLOTZKOPF!"

Charlie Brown

BEACHTE, WIE ANDERE DICH SEHEN

Alle, die du triffst, sehen dich auf ihre Weise. Das heißt nicht, dass sie mit ihren Ansichten immer richtig liegen. Doch zu wissen, wie andere dich sehen, hilft dir im Umgang mit ihnen. Halten sie dich für einen Klotzkopf, können sie dir entweder egal sein oder du versuchst, ihnen das Gegenteil zu beweisen. Lass nur nicht die Meinungen anderer darüber entscheiden, wer du bist! Obwohl Peppermint Patty Snoopy für einen komischen Knaben mit Rübennase hält, bleibt er doch ein Hund. Charlie Brown mag sich einen ganz normalen Hund wünschen, aber Snoopy ist nun mal der fantasievolle Beagle, der er ist. Vergiss nie, was dich ausmacht!

„UM EINE UNGLÜCKLICHE LIEBE
ZU VERGESSEN, BRAUCHT
ES SCHON EINE MENGE PAMPE!"

Charlie Brown

FINDE HERAUS, WAS DIR HILFT

Die Welt ist voller Leute, die dir Ratschläge geben wollen. Nun, du hältst gerade sogar ein Ratgeberbuch in deinen Händen! Doch nicht alles eignet sich für jeden. Nur du kannst sagen, ob ein Rat gut für dich ist. Charlie Brown weiß, dass es eine große Portion Pampe braucht, damit er sein gebrochenes Herz vergisst. Linus malt Leute mit den Händen hinter dem Rücken, um zu verbergen, dass er keine Hände malen kann. Schroeder hat immer ein paar Beethoven-Statuen im Schrank, falls eine verschmähte Möchtegernfreundin eine mit dem Baseballschläger zertrümmert. Finde heraus, welche Strategien für dich am besten funktionieren!

SCHÄTZE ANDERE

Kein Mensch lebt nur für sich, und kein Beagle-Pfadfinder ist alleine stark. In deinem Leben begegnest du vielen Leuten. Je mehr du sie verstehst und in dein Leben lässt, desto erfüllter wird es sein. Womöglich findest du dabei sogar jemand ganz Besonderen – sei es einen besten Freund oder deinen Schnuckiputzi.

„ICH BRAUCHE JEDEN FREUND,
DEN ICH FINDEN KANN."

Charlie Brown

UMGIB DICH MIT INTERESSANTEN LEUTEN

Es ist nichts verkehrt an Freunden, die dir sehr ähneln. Dass ihr viel gemeinsam habt, hilft dabei, dass ihr euch gegenseitig versteht und Dinge anvertrauen könnt. Aber wenn zu deinen Freunden ebenso jemand gehört, der Dreck in Sandkuchen verwandelt, wie jemand, der Dreck zum Modestil erhebt, – oder auch ein daumenlutschender Theologe und eine preisgekrönte Nörgelliese sowie ein aufstrebender Konzertpianist und ein größenwahnsinniger Hund –, dann hast du eine gute, bunte Schar an Leuten in deinem Leben. Wegbegleiter mit unterschiedlichen Erfahrungen und anderen Sichtweisen sind stets eine Bereicherung!

„DIE BASEBALL-IDOLE ANDERER KINDER SCHLAGEN HOMERUNS ... MEINS STECKT MAN IN DIE ZWEITE MANNSCHAFT!"

Charlie Brown

RESPEKTIERE EINSATZ

Charlie Browns Held ist nicht gerade ein Siegertyp. Während andere Baseballspieler für das All-Star-Team ausgewählt werden, wird Joe Schlabotnik in die zweite Mannschaft abgeschoben. Und immer, wenn er sich erneut in die Topliga hochkämpft, geht es für ihn gleich wieder eine Klasse tiefer. Doch das Wichtigste ist: Er bleibt am Ball! Das macht ihn zum perfekten Helden für Charlie Brown, der weiß, dass er ebenfalls nie gewinnt, aber Joe als Inspiration nimmt, nie aufzugeben. Leute, die ganz oben sind und scheinbar nie Fehler machen, werden von Millionen bewundert. Wäre es da nicht besser, jemanden zu verehren, der zu kämpfen hat, aber nicht lockerlässt? Das sind doch wahre Helden!

„PATRICIA IST EIN UNGEWÖHNLICHES MÄDCHEN ... SIE HAT NICHT EIN WORT ÜBER MEIN ÄUSSERES VERLOREN!"

Pig-Pen

SIEH DAS GUTE IN ANDEREN

Man sieht schnell das Schlimmste an einer Person: das schmutzige Äußere, das laute Mundwerk oder eine finstere Miene. Lass dich von diesem ersten Eindruck nicht über innere Werte hinwegtäuschen! Wenn du das Gute in einem Menschen gefunden hast, dann lass es ihn auch wissen! Sicher, einige sind vielleicht bereits stolz auf das, was sie für das Beste an sich halten, – wie Frieda, die ihre Naturlocken liebt, – aber anderen mag weniger bewusst sein, dass sie wirklich nett, hilfsbereit und wahrhaft beste Freunde sind. Sie daran teilhaben zu lassen, was sie zu etwas Besonderem macht, kann ihnen in dunklen Stunden helfen, in denen sie von trüben Gedanken geplagt werden.

„ICH WEISS, BRIEFE SCHREIBT MAN EIGENTLICH MIT DEM FÜLLER, ABER ICH NEHME DEN BLEISTIFT, WEIL ICH NICHT SO GUT MIT DEM FÜLLER SCHREIBEN KANN."

Charlie Brown

PFLEGE FREUNDSCHAFTEN

Wir alle sehnen uns nach Zugehörigkeit. Nimm dir die Zeit, Kontakt zu Freunden zu halten. Frag sie, wie es ihnen geht, und teile, was in deinem Leben passiert. Hast du den Buchstabierwettbewerb gewonnen? Hast du die Wahl verloren? Kannst du das kleine rothaarige Mädchen deiner Träume einfach nicht ansprechen? Zeig dich von deiner menschlichen Seite, und gib auch Freunden die Chance, sich zu öffnen. Wenn es einmal schwer erscheint, darüber zu reden, denke daran: Es gibt immer einen Weg. Snoopy denkt seine Sätze nur, und Woodstock spricht nur Vogelsprache – und doch können sie sich unterhalten. Geh auf andere zu! Die Reaktion darauf wird womöglich dein Herz erfreuen.

„DIESMAL BEFÖRDERE ICH DEN BALL IN DIE UMLAUFBAHN!"

Charlie Brown

SCHENKE ANDEREN VERTRAUEN

Ein ums andere Mal zieht Lucy den Ball weg, wenn Charlie Brown ihn gerade wegschießen will, woraufhin er selbst im hohen Bogen durch die Luft segelt. Und ein ums andere Mal bringt sie Charlie Brown dazu, es noch einmal zu versuchen. Sicher, Charlie Brown hat das Muster erkannt. Doch tief in seinem Innern glaubt er an das Gute im Menschen. Er glaubt, dass ein jeder sich ändern und bessere Entscheidungen treffen kann. Also gibt er Lucy eine zweite, dritte und 73. Chance, den Football für ihn zu halten, denn täte er es nicht, wäre alle Hoffnung verloren. Glaube daran, dass deine Mitmenschen sich zum Positiven wandeln können! Und was für andere gilt, gilt auch für dich.

„HIER, BITTE, RERUN! ICH HAB DEINE MURMELN ZURÜCKGEWONNEN."

Charlie Brown

SEI DA, WENN DU GEBRAUCHT WIRST

Charlie Brown mag manchmal „wischiwaschi“ und wenig engagiert wirken, aber wenn jemand seine Hilfe braucht, dann ist er da. Er war da, als Peppermint Patty ein Maskottchen brauchte. Er war da, als eine Gruppe kleiner Kinder Baseball lernen wollte. Er nahm sogar die Sache in die Hand, als der Murmelabzocker des Viertels den jungen Rerun van Pelt um seine Murmeln brachte. Wenn du auf jemanden triffst, der Hilfe benötigt, magst du in Versuchung geraten, weiterzugehen und darauf zu hoffen, dass andere ihm schon helfen werden. Das ist der leichte Weg. Aber es ist besser, ein wenig mehr wie Charlie Brown zu sein!

Der DK Verlag dankt Nat Gertler für seinen Text, Craig Herman von Peanuts Worldwide, Alexis Fajardo und Alena Carnes von Charles M. Schulz Creative Associates sowie Julia March, Kayla Dugger und Pamela Afram für ihre redaktionelle Unterstützung.

Lektorat Ruth Amos, Emma Grange, Mark Searle
Gestaltung und Bildredaktion Rosamund Bird, Clive Savage, Vicky Short
Herstellung Jennifer Murray, Mary Slater

Für die deutsche Ausgabe:
Programmleitung Monika Schlitzer
Projektbetreuung Christian Noß
Herstellungsleitung Dorothee Whittaker
Herstellungskoordination Bianca Isack
Herstellung Claudia Bürgers

Titel der englischen Originalausgabe: Peanuts™ Be More Charlie Brown

Übersetzung Marc Winter

Die deutsche Übersetzung der aus den Comicstrips entnommenen Originalzitate und deutschen Namen einzelner Figuren richtet sich weitgehend nach Die Peanuts: Werkausgabe, Bd. 1–26 von Carlsen Comics.

ISBN 978-3-8310-4423-8

Druck und Bindung RR Donnelley, China

MIX
Papier | Fördert gute Waldnutzung
FSC® C018179

www.dk-verlag.de

www.peanuts.com